DISSERTATION

SUR

L'ABANDON DE LA GLYPTIQUE EN OCCIDENT
AU MOYEN AGE

ET

SUR L'ÉPOQUE DE LA RENAISSANCE DE CET ART

PAR JULES LABARTE

PARIS

Vᵉ A. MOREL ET Cⁱᵉ, ÉDITEURS

RUE BONAPARTE, 13

—

1871

Sellier sculp.　　　　　　　Vᵉ A MOREL et Cⁱᵉ Éditeurs　　　　　　　Imp. Lemercier et Cⁱᵉ Paris

GLYPTIQUE

1. Lothaire du mêdat Bibl. nat. n°. 266 _ 2. Intaille d'Aix-la-Chapelle _ 3. Monnaie de Lothaire _ 4. Charles-le-Chauve, de la Bible du Louvre _ 5. Sceau de Charles-le-Chauve, n°. 21 de la coll. des Archives nat. _ 6. Sceau de Charles-le-Chauve, n°. 26 de la même coll. _ 7. Intaille de Congres _ 8. Saphir de la baßue de Sᵗ Louis _ 9. Sceau du secret de Charles V

6

DISSERTATION

SUR

L'ABANDON DE LA GLYPTIQUE EN OCCIDENT AU MOYEN AGE

ET

SUR L'ÉPOQUE DE LA RENAISSANCE DE CET ART.

On sait avec quelle perfection les Grecs ont pratiqué l'art de graver des images sur les pierres dures. Ils apportèrent la glyptique à Rome, et quelques artistes romains se livrèrent avec succès au travail de la gravure sur pierres fines, sans avoir pu néanmoins égaler leurs maîtres.

Après le triomphe du christianisme, durant le quatrième siècle et une partie du cinquième, on continua de graver sur pierres dures en Italie. Nous citerons comme étant de cette époque un camée sur agate blanche orientale à deux couches, de vingt millimètres de hauteur sur trente de largeur, qui reproduit en figures à mi-corps le Christ enseignant sa doctrine à trois disciples; deux anges sont derrière le Sauveur. Il appartient au cabinet des médailles de la Bibliothèque nationale (1). Dès la fin du cinquième siècle, la glyptique avait cessé d'être en pratique en Italie.

Les Byzantins, qui en avaient conservé la technique, furent les seuls, durant le moyen âge, qui gravèrent sur pierres dures. Ceci explique comment il se fait qu'on rencontre aussi peu de pierres anciennes reproduisant des sujets religieux. Ainsi, sur quatre-vingt-dix-neuf anneaux qui figurent dans l'inventaire du saint-siège,

---

(1) N° 294 du *Catalogue général et raisonné des camées et pierres gravées de la Bibliothèque impériale*, par M. CHABOUILLET; Paris, 1858.

dressé en 1295 par ordre de Boniface VIII (1), dix-neuf sont enrichis de camées, mais il n'y en a que deux qui reproduisent un sujet chrétien.

Les camées byzantins sont loin de valoir ceux des Grecs, ni même ceux du Haut-Empire. En général, les compositions sont simples et le dessin ne manque pas absolument de correction, mais l'exécution offre souvent de la dureté dans les pièces postérieures au onzième siècle, époque à partir de laquelle la décadence a commencé à se faire sentir dans l'empire byzantin.

Le cabinet des médailles de la Bibliothèque nationale possède dix camées byzantins, parmi lesquels il en est un très-remarquable, et qui est digne de figurer à côté des productions du Haut-Empire. Ce camée, sur sardonyx à trois couches, de quarante-sept millimètres de hauteur sur trente-trois de largeur (2), reproduit dans le haut du tableau le buste du Christ, les bras étendus, la main droite dans l'action de bénir, et au-dessous saint George et saint Démétrius. Les deux saints guerriers sont représentés en pied, sous les traits de jeunes hommes ; ils portent la brigandine à écailles terminée par une courte cotte d'armes et un manteau rejeté en arrière : c'est exactement là le costume donné à Basile II dans la miniature du manuscrit de Venise, qui est reproduite dans la planche LXXXV de notre *Histoire des arts industriels au moyen âge*. Les noms des deux saints sont gravés sur la pierre en lettres grecques disposées perpendiculairement. La composition du sujet est simple et le dessin en est correct ; les figures des deux guerriers sont très-élégantes, et rappellent celles des manuscrits de l'époque de Constantin Porphyrogénète. Il n'est pas douteux que ce joli camée n'appartienne au règne de ce prince.

On possède encore quelques pierres à sujets chrétiens qui proviennent de l'Asie. Le cabinet des médailles en conserve cinq qu'on regarde comme antérieures à l'année 340 de notre ère (3). Elles sont généralement fort médiocres.

Ce que nous avons dit de l'abandon de la glyptique en Italie doit s'appliquer aux autres contrées civilisées de l'Occident ; elle cessa d'y être cultivée après la chute de l'empire romain. Les pierres antiques gravées en creux servirent de sceaux aux rois dès l'époque carolingienne : Pepin scellait avec un Bacchus

---

(1) *Inventarium de omnibus rebus inventis in thesauro Sedis Apostolice factum de mandato sanctissimi Patris dom. Bonifacii pape octavi sub anno Domini millesimo ducent. nonag. quinto*, ms. Biblioth. nation., n° 5150, lat., fol. 64.

(2) N° 267 du Catalogue de M. CHABOUILLET, déjà cité. M. HASE a publié ce camée dans son édition princeps de Léon Diacre.

(3) N°⁵ 1330 à 1334 du Catalogue de M. CHABOUILLET, déjà cité.

indien, Charlemagne avec un Sérapis ; et il est à croire que cet art ne reparut en Occident que vers la fin du quatorzième siècle.

Les inventaires du trésor des rois et des princes faits à cette époque en fournissent jusqu'à un certain point la preuve. Ainsi, dans l'inventaire du duc d'Anjou, écrit de 1360 à 1368 (1), on ne trouve qu'un seul camée offrant un sujet religieux. Dans celui de Charles V de 1379 (2), les pierres gravées sont nombreuses, et, d'après la description qui en est faite, elles appartiennent presque toutes à l'antiquité ; il n'y en a que quelques-unes qui présentent des sujets chrétiens. Les intailles qui étaient fixées sur les signets (les sceaux) que le roi avait toujours avec lui, et dont il scellait ses lettres, n'étaient autres, sauf trois sur lesquelles nous nous expliquerons plus loin, que des pierres antiques. Il en était de même de celles qui étaient enchâssées dans les chatons de ses bagues. Les signets en pierres dures du roi Charles V reproduiraient tous sa propre image, telle qu'il la faisait graver sur les matrices de métal (3) des grands sceaux de l'État, s'il avait eu sous la main des artistes exercés à graver les pierres fines. Il existe encore un grand nombre de châsses et d'instruments du culte des différentes époques du moyen âge qui sont enrichis de camées à sujets mythologiques ; les aurait-on employés dans ce temps d'austère piété, si l'on avait pu les remplacer facilement par des pierres à sujets chrétiens ?

Ces raisons, que nous avions développées dans la première édition de notre *Histoire des arts industriels au moyen âge*, à l'appui de notre opinion sur l'abandon de la glyptique en Occident au moyen âge, n'ont pas convaincu tous les archéologues. « La glyptique, a-t-on dit, a été plus négligée par M. Labarte qu'elle ne le » fut réellement aux époques dont il étudie les arts. Certes l'art de la gravure en » creux devait être tombé bien bas pour que Charlemagne en fût réduit à » employer une intaille antique en guise de sceau ; mais cet art se releva sous ses » successeurs (4). »

(1) Cet inventaire a été publié par M. DE LABORDE dans le tome II de la *Notice des émaux et bijoux du Louvre*. Paris, 1853.

(2) Manuscr. Bibliothèque nationale, n° 2705, ancien 8356.

(3) Le mot *sceau* ayant une double signification et exprimant tout à la fois la pièce gravée en creux qui donne l'empreinte et cette empreinte, nous conserverons, pour éviter toute confusion, comme l'a proposé M. Douet d'Arcq, le nom de *sceau* à cette empreinte, et nous donnerons celui de *matrice* à la pièce gravée qui sert à l'imprimer.

(4) *Gazette des Beaux-Arts*, t. XIX, p. 130.

Nous allons donc examiner à nouveau cette grave question, et donner plus de développement aux raisons qui ont fixé notre opinion.

On a cité à l'appui de la critique qui nous était faite : 1° un disque de cristal de roche, reproduisant en intaille l'histoire biblique de Susanne; il a été acheté par le Musée Britannique à la vente Bernal (1); 2° une figure de l'empereur Lothaire gravée sur un cristal de roche qui est fixé, avec des camées antiques et des pierres fines, sur une croix d'or appartenant au trésor de la cathédrale d'Aix-la-Chapelle (2); 3° une petite pièce de cristal de roche gravée en intaille et sertie dans le fauteuil d'une statuette d'or de sainte Foy, provenant du trésor de l'ancienne abbaye de Conques (3); 4° le saphir de saint Louis gravé en intaille, qui est conservé au Louvre (4); et 5°, a-t-on ajouté, « un certain nombre de camées et » d'intailles que possède le cabinet des antiques à la Bibliothèque nationale. »

Avant d'examiner les différentes pièces citées par notre contradicteur, il est nécessaire de faire une observation générale. Les inventaires du quatorzième siècle constatent l'existence d'un grand nombre de pierres gravées; il y en avait sur toutes les belles pièces d'orfévrerie; mais, comme le disait M. de Laborde, « une » question grave se pose ici : Que sont devenus ces camées, matière indestructible, » sans emploi dans aucune préparation, sans valeur intrinsèque (5)? » Il est constant, en effet, qu'ils n'ont pas été détruits et qu'ils n'ont pas été jetés à la rivière. Aussi la réponse à la question de M. de Laborde est-elle facile à faire. Presque tous ces camées et intailles étaient des pièces antiques, et ce sont elles qui enrichissent aujourd'hui les collections publiques et les cabinets des amateurs.

Mais, dit-on, on rencontre dans les inventaires du quatorzième siècle la description de pierres reproduisant des sujets chrétiens, qu'il faut par conséquent attribuer au moyen âge. A cette objection nous répondrons que les rédacteurs des inventaires manquaient absolument de critique archéologique, et très-souvent même

(1) N° 1295 du Catalogue de la collection Bernal. Londres, 1857.

(2) Cette intaille est gravée dans les *Mélanges d'archéologie*, t. I, pl. XXXI; dans l'ouvrage de M. Aus'm Weerth, *Kunstdenkmäler des christlichen Mittel. in den Rheinlanden*, pl. XXXIX; dans celui de M. l'abbé Bock, *Karl's des Grossen Pfalzkapelle*, p. 35, et reproduite sous le n° 2 dans la planche qui accompagne cette dissertation.

(3) Elle est gravée dans le *Trésor de Conques* par M. Darcel, et reproduite dans notre planche sous le n° 7.

(4) Il est gravé dans les *Gemmes et joyaux de la couronne*, par M. Barbet de Jouy. Paris, 1865. pl. XI, et reproduit dans notre planche sous le n° 8.

(5) *Glossaire*, dans la seconde partie de la *Notice des émaux et bijoux du Louvre*. Paris, 1853, p. 189.

de toute instruction. Ne sait-on pas en effet que le sujet purement mythologique
(Minerve et Neptune) d'un grand camée de la Bibliothèque nationale (1) passait,
avant d'avoir été donné à Louis XIV par l'église qui le possédait, pour la repré-
sentation du paradis terrestre et de l'histoire du péché d'Adam (2), et qu'on avait
pris pour saint Jean l'évangéliste le Jupiter, avec un aigle à ses pieds, du beau
camée de sardonyx donné par Charles V à la cathédrale de Chartres (3). Avec de
pareilles dispositions, les rédacteurs des inventaires du quatorzième siècle et du
quinzième n'ont pas manqué, quand le sujet s'y prêtait tant soit peu, de convertir
en sujets chrétiens les sujets profanes des camées et des intailles antiques. Ainsi
M. de Laborde, après avoir compulsé tous les inventaires du quatorzième siècle,
ne trouve à transcrire dans son *Glossaire*, sous le titre de « Camahieux du moyen
âge », que trente-huit pièces. Avec la façon de procéder des scribes de ce temps
que nous venons de signaler, on ne peut, sans avoir les pièces sous les yeux,
admettre comme exactes des désignations ainsi faites : « Une sainte Agnès en ung
» camahieu ; — une Véronique en ung camahieu. » Des descriptions comme
celles-ci : « Une ancienne croix d'or à six camahieux ; ung camahieu d'un enfant
» blanc qu'un ange tient ; — ung grand camahieu ou dedans a ung homme séant
» soubz ung arbre, tenant un épervier et ung chien devant luy », ne peuvent en
aucune façon justifier l'attribution au moyen âge qui leur est donnée par M. de
Laborde. Ce n'est que quand le crucifiement est indiqué comme étant reproduit
sur un camée qu'on peut croire que les rédacteurs des inventaires ne se sont pas
trompés. Eh bien, dans les trente-huit citations de M. de Laborde, il n'y en a que
trois où les pierres soient indiquées comme reproduisant le Christ en croix. On
rencontrerait, au contraire, un très-grand nombre de pierres gravées avec ce sujet,
si populaire au moyen âge, s'il avait existé en Occident des artistes graveurs en
pierres fines. Ces trois camées devaient être byzantins. Deux autres camées compris
dans les trente-huit appartenaient évidemment à l'Orient : « Ung reliquaire beslong,
» ouvré à façon de Damas, sur lequel est un camahieu d'ung ymage de Nostre-
» Dame enlevé. — La croix que l'empereur Constantin portait en bataille, mise
» en ung joyau d'or, garny d'ung grand camahieu où est enlevé l'image de Nostre
» Seigneur. » Le reliquaire étant de la façon de Damas, c'est-à-dire de provenance

(1) Nº 36 du Catalogue de M. CHABOUILLET, déjà cité.
(2) *Histoire de l'Académie des inscriptions et belles-lettres*, t. I, p. 273, année 1717.
(3) Il est conservé à la Bibliothèque nationale : c'est le nº 4 du Catalogue de M. CHABOUILLET, déjà cité.

orientale, sur quoi se fonderait-on pour attribuer le camée à l'Occident ? Et quant à la croix de Constantin, ce n'est pas en Occident sans doute que le fondateur de l'empire d'Orient avait dû faire graver le camée qui la décorait (1). Ainsi aucune des descriptions de pierres gravées transcrites dans les inventaires du quatorzième siècle n'a établi que leur exécution appartînt à l'Occident. On signale souvent dans ces inventaires l'artiste qui a exécuté la pièce décrite ; jamais on ne trouve le nom d'un artiste à la suite de la description d'une pierre gravée.

Examinons maintenant les différentes pièces sur lesquelles on s'appuie pour justifier l'existence de la pratique de la glyptique en Occident sous les successeurs de Charlemagne.

Le cristal de roche du Musée Britannique est une grande pièce de 113 millimètres de diamètre sur laquelle sont gravés, en intaille, différents sujets de l'histoire biblique de Susanne, avec des inscriptions latines. Au-dessus du sujet central on lit : LOTHARIUS . REX . FRANC. FIERI . JUSSIT. Et de cette inscription, qui ne dit pas autre chose si ce n'est que c'est le roi Lothaire qui a commandé cette intaille, on veut tirer la conséquence que sous le petit-fils de Charlemagne, l'empereur Lothaire, l'art de la glyptique était en pleine floraison en Occident. Eh bien, de l'inscription même de l'intaille nous allons tirer la preuve qu'elle n'a pu être gravée en Occident. En effet, si le graveur avait été sujet de Lothaire et qu'il eût travaillé sous ses yeux, il n'aurait pas manqué de donner à son prince le titre que celui-ci portait. Or, jamais Lothaire n'a porté que le titre d'empereur. Eckhart, dans son histoire de la France orientale sous les Mérovingiens et les Carolingiens, a donné la reproduction des monnaies frappées au nom de Lothaire (2). Dès que ce prince est associé à l'empire par son père Louis le Débonnaire (817), la légende des monnaies lui donne le titre d'empereur : HLUDOVICUS I-P, et au revers : HLOTARIUS I-P. Postérieurement, et même après avoir été fait roi d'Italie (821), il conserve le titre d'empereur : ses monnaies, qu'elles soient frappées dans les palais impériaux, ou bien à Verdun, à Cambrai, à Dorestat sur le Rhin, à Milan, à Venise, ou à Rome sous le pape Grégoire IV, portent toutes pour légende autour d'une croix : HLOTARIUS IMPERAT. ou IMP. La Bibliothèque nationale possède une seule monnaie avec la figure de Lothaire, et dans la légende on lit : IMP. AVGV.

(1) Comme on le voit, les camées portaient au quatorzième siècle le nom de « camahieux ». Ce nom se perpétua durant le quinzième siècle et le seizième. On le retrouve dans tous les inventaires, et notamment dans l'inventaire de Henri II, de 1560 (Manuscr. Biblioth. nation., n° 4732, fr.)

(2) *Commentarii de rebus Franciæ orientalis...* Witceburgi, 1729, t. II, p. 445.

(imperator Augustus). Comment donc un artiste franc ou italien qui aurait gravé l'histoire de Susanne sur les ordres de ce prince lui aurait-il donné le titre de roi, qu'il n'a jamais porté exclusivement, au lieu de celui d'empereur, auquel il tenait beaucoup? Mais si le cristal a été gravé dans l'empire d'Orient, la qualification de roi se comprend. Jamais, en effet, les Grecs n'ont donné d'autre titre à Charlemagne et à ses successeurs à l'empire. Le titre d'empereur a toujours été réservé par eux à l'empereur des Romains assis sur le trône de Constantinople (1). Constantin Porphyrogénète, dans son livre sur l'administration de l'empire, parle de Lothaire et de son aïeul Charlemagne; il ajoute à leur nom la qualification de Grand, mais il ne leur donne que le titre de roi (2). Ainsi le titre de roi gravé à la suite du nom de Lothaire, au lieu de celui d'empereur, qui lui était concédé par tous les rois de l'Occident, n'a pu lui être attribué que par un artiste grec. Lothaire a reçu plusieurs ambassadeurs des empereurs grecs, porteurs de riches présents; il est possible qu'ayant trouvé parmi ces présents des intailles qui lui auraient plu, il ait chargé les ambassadeurs qu'il envoya à son tour à l'empereur d'Orient de lui rapporter une grande pierre gravée, sur laquelle l'artiste a inscrit le nom de Lothaire qui lui commandait le travail, mais en ne lui donnant que le titre de roi, qui seul lui était reconnu par les Grecs.

On ne pourrait pas dire que la légende de cette pièce de cristal doit se rapporter au roi Lothaire, second fils de l'empereur Lothaire, parce que Lothaire II n'a jamais été que roi de Lotharingie et n'a jamais pris le titre de roi des Francs, REX FRANC[*orum*] qu'on y lit; c'est l'oncle de Lothaire II, Louis Ier le Germanique, qui avait alors le titre de roi des Francs orientaux (3).

Après l'intaille sur cristal du Musée Britannique, on produit celle qui est enchâssée dans la croix d'or appartenant au trésor de la cathédrale d'Aix-la-Chapelle, où elle est conservée comme un don de l'empereur Lothaire. Cette belle croix, de 49 centimètres et demi de hauteur, sur une largeur de 39 centimètres à la traverse, est pattée aux extrémités, comme toutes les anciennes croix de l'Orient; elle a exactement la forme de celle que porte l'archevêque Maximianus dans la mosaïque de Saint-Vital de Ravenne, où il est représenté à côté de Justinien. L'une des faces est ornée de camées et de pierres précieuses disposées

(1) DU CANGE, *Glossarium ad script. med. et infim. græcitatis*, v° Ῥήξ.

(2) CONSTANTINI PORPHYR. *De administrando imper. lib.*, cap. XXVI, ap. BANDURI, *Imp. orient.*, p. 80.

(3) *Annales Fuldenses*, ap. PERTZ, *Monum. Germ. historica*, script., t. I, p. 369.

3

avec la plus grande symétrie. Un très-beau camée antique, représentant la tête d'Auguste dans la force de l'âge, est serti au point de jonction de la hampe avec les bras de la croix. Au-dessous, vers le bas de la hampe, est une intaille sur cristal de roche reproduisant une tête diadémée et drapée à l'antique avec cette inscription : † XPE ADIVVA HLOTHARIUM REG[em]. Les chatons qui sertissent les pierres saillissent de plus d'un centimètre au-dessus du fond. Ce genre de monture des pierres fines, que l'Asie a conservé jusqu'aujourd'hui, était particulier aux bijoux byzantins. Au delà d'un tore filigrané qui termine les parties droites des quatre branches de la croix, à l'endroit où commence l'élargissement patté, on trouve un petit cordon anguleux revêtu d'émail cloisonné qui présente un semis de petits losanges dentelés, alternativement blancs et bleus, avec une croix alternativement bleue et blanche au centre de chacun. Ils sont pour la forme exactement semblables à ceux qui se voient dans les bordures du reliquaire byzantin de Limbourg. La forme de la croix, la symétrie de l'ornementation, la structure des chatons, les émaux dont les artistes grecs avaient encore seuls la pratique au neuvième siècle, et qui ont une identité parfaite avec des émaux dont l'origine byzantine est incontestable, tout, en un mot, dénote dans cette croix un travail byzantin. Si l'on veut la comparer avec une pièce d'orfévrerie française de la même époque, la couverture du livre de prières de Charles le Chauve que conserve le musée du Louvre, on reconnaîtra facilement la différence qui séparait le travail occidental de celui de Constantinople. Dans l'orfévrerie française, les pierres précieuses sont amoncelées presque sans ordre; dans la croix d'Aix, au contraire, elles sont disposées avec une symétrie parfaite et une élégance achevée, malgré la forme irrégulière des pierres. Il est probable que la croix d'Aix a dû faire partie des présents apportés à Lothaire par les ambassadeurs des empereurs d'Orient. L'histoire à cet égard nous prête son autorité. Les Annales de Saint-Bertin nous disent, en effet, que l'empereur Théophile ayant envoyé des ambassadeurs à Louis le Débonnaire, ceux-ci furent reçus par Lothaire, auquel ils remirent des lettres et des présents. Une autre ambassade fut députée à Lothaire lui-même, en 843, par Théodora, tutrice de son fils l'empereur Michel III (1). On possède deux portraits de l'empereur Lothaire : le premier dans une miniature (2) peinte au verso du premier folio de l'évangéliaire ayant appar-

(1) *Annales Bertiniani*, ap. PERTZ, *Mon. Germ. hist.*, script. t. I, p. 426 et 439.

(2) Cette miniature est gravée par ECKHART, *Comm. de rebus Franciæ orientalis*, t. II, p. 353, et dans les

tenu à ce prince et qui est aujourd'hui conservé à la Bibliothèque nationale (ms. latin n° 266); le second sur une pièce de monnaie d'argent, dont le cabinet des médailles de cette bibliothèque possède un exemplaire (1). Les deux portraits, quoique rendus par des procédés bien différents, ont entre eux de la ressemblance. Le petit-fils de Charlemagne est représenté dans la force de l'âge; dans la miniature, il porte une couronne fermée d'une forme singulière; dans la pièce de monnaie, la tête est laurée. Il est évident que le miniaturiste et le graveur en médailles ont eu l'intention de faire un portrait, aussi ressemblant que possible, de leur souverain, dont ils avaient une image sous les yeux. Mais les deux portraits n'ont aucun rapport avec la figure exprimée dans l'intaille qui est sur la croix d'Aix-la-Chapelle. Le graveur en pierres dures n'a pas voulu reproduire Lothaire. Il est fort probable que l'impératrice Théodora, voulant envoyer une très-belle croix d'or au chef des Francs et y attacher le nom de ce prince, a fait prendre une intaille déjà faite et reproduisant une tête diadémée autour de laquelle elle a fait graver la légende que Lothaire employait sur ses sceaux, avec cette différence, toutefois, qu'au lieu d'IMP[eratorem] ou d'AUG[ustum], elle a fait écrire REG [em], puisqu'elle ne reconnaissait au souverain des Francs que le titre de roi.

Deux sceaux de Charles le Chauve († 877), frère de Lothaire, qui proviennent en partie cependant d'une matrice en pierre gravée, vont nous servir encore à démontrer que la glyptique n'était pas exercée en Occident au neuvième siècle. Ces sceaux sont conservés aux Archives nationales et inscrits dans l'inventaire sous les n°ˢ 21 et 26 (2). La matrice qui les a donnés est composée, dans tous les deux, d'une pierre gravée reproduisant un buste, la tête laurée et tournée à droite; mais les pierres ont été encastrées dans une bordure de métal sur laquelle a été gravée la légende KAROLUS GRATIA DI REX du premier sceau, et celle KAROLUS MISERICORDIA DI IMPERATOR AUG. du second. Il résulte évidemment de ce fait que, pour fabriquer les deux sceaux, on a pris des pierres antiques d'une basse époque qu'on a serties dans une bordure plate de métal sur laquelle il était facile de graver telle légende que l'on voulait; si les têtes avaient été spécialement gravées

---

Arts somptuaires, t. I des planches. Nous reproduisons, sous le n° 1 de notre planche, le buste de Lothaire d'après la miniature du manuscrit.

(1) Nous donnons la gravure de cette pièce sous le n° 3 de notre planche.

(2) M. DOUET-D'ARC, *Inventaire de la collect. des sceaux des Archives de l'Empire*, p. 369 et 370. Nous les reproduisons sous les n°ˢ 5 et 6 dans la planche qui accompagne cette dissertation.

. pour Charles le Chauve, l'artiste n'aurait pas manqué de tracer la légende sur la pierre autour du buste. Mabillon, qui a publié le second de ces sceaux, fait remarquer que la figure est très-différente de celle gravée sur un autre sceau plaqué sur un diplôme de ce prince daté de 859 et qu'il a publié également (1). Nous ajouterons que les têtes laurées des deux sceaux conservés aux Archives n'ont aucune ressemblance avec les beaux portraits que l'on possède de Charles le Chauve dans la Bible de Saint-Martin de Tours (2), dans celle de Saint-Paul hors des murs à Rome, dans l'évangéliaire de Saint-Emmeran (3) et dans son livre de prières (4). Les peintres miniaturistes doivent avoir fait des portraits aussi ressemblants qu'il leur était possible, et la dissemblance absolue de ces portraits avec les figures gravées sur les pierres ne donne-t-elle pas la preuve qu'elles n'ont pas été faites pour Charles le Chauve? Les Archives possèdent encore un sceau de Charles le Simple († 929) qui est composé de la même façon que les deux sceaux en pierres dures de son aïeul (5).

L'intaille sur cristal de Conques est placée dans le sommet du dossier d'un fauteuil d'argent doré où est assise la statuette d'or de sainte Foy, qui, d'après M. Darcel, aurait été faite à l'époque de la translation du corps de la sainte à Conques, sous Charles le Simple, à la fin du neuvième siècle ou au commencement du dixième. La statuette est en effet d'un faire assez barbare pour appartenir à une époque où l'art était arrivé au dernier degré de la décadence. Mais quant à l'intaille, M. Darcel, qui comprend très-bien qu'elle n'a pu être exécutée en France au dixième siècle, veut qu'elle appartienne à l'époque des premiers Carolingiens, « qui fut habile, dit-il, à travailler le cristal de roche ». Et il cite à l'appui de son opinion les deux pièces portant le nom de l'empereur Lothaire. Or, nous venons de démontrer, ce nous semble, que ces deux pièces ne pouvaient avoir été gravées en Occident. Le cristal de Conques reproduit en figures microscopiques le Christ en croix entre la Vierge et saint Jean. Ce tout petit Christ placé sur une croix relativement très-grande est bien dans le style byzantin. Au surplus, on ne peut tirer aucune induction en faveur de l'origine française de cette intaille,

(1) *De re diplomatica*, p. 407, 408 et 409.

(2) Elle est conservée au Louvre, n° 25 de la *Notice du Musée des souverains;* nous donnons, d'après ce manuscrit, la reproduction du portrait de Charles le Chauve sous le n° 4 de notre planche.

(3) Ce manuscrit est conservé à la Bibliothèque royale de Munich.

(4) Ce livre appartient au Louvre; n° 24 de la *Notice du Musée des souverains.*

(5) N° 29 de l'*Inventaire de la collection des sceaux,* déjà cité.

et de la date du neuvième siècle qui lui est donnée, de ce qu'elle se trouve faire partie de l'ornementation d'une pièce d'orfévrerie exécutée en France à la fin du neuvième ou au dixième; car, au dire de M. Darcel, « pendant les neuf siècles » qui nous séparent des années de sa fabrication, cette statue a dû recevoir de » nombreuses additions.....; l'agrafe qui ferme le collet de la robe est un bijou » du quinzième siècle.....; le reliquaire (posé sur les genoux de la statue) destiné » à contenir les restes de la sainte est évidemment de la fin du treizième. » On voit encore sur la statue des émaux translucides sur relief du quatorzième siècle; enfin une plaque d'argent, appliquée sur son dos et sur laquelle la tête du Christ est rendue au repoussé, est attribuée au huitième (1). Qui peut dire, en présence de cette réunion d'objets si divers par l'âge et par l'origine, d'où peut provenir l'intaille sur cristal et à quelle époque elle a été placée sur le fauteuil de la statue? Ce n'est donc pas sur cette pièce qu'on peut établir l'existence de l'exercice de la glyptique en Occident au moyen âge.

Les archéologues qui soutiennent cette opinion sont obligés de franchir plus de quatre siècles sans pouvoir signaler aucune pièce de glyptique, et de passer sans transition de l'époque de Lothaire à celle de saint Louis pour présenter une pierre qui leur vienne en aide. Cette pierre est un saphir taillé en table, sur lequel la figure d'un roi en pied, debout, nimbé, couronné et portant un sceptre, est gravée en intaille. Elle est placée au chaton d'un large anneau d'or sur le contour duquel des fleurs de lis sont gravées en creux et remplies d'émail noir. On voit auprès de la tête du roi les lettres S. L. Cette inscription : C'est le sinet du roi saint Louis, est tracée sur l'or à l'intérieur de l'anneau. Cette bague appartenait autrefois au trésor de l'abbaye de Saint-Denis; elle est aujourd'hui conservée au Louvre et figure au catalogue du Musée des souverains, rédigé par M. Barbet de Jouy, sous la dénomination de « Bague sigillaire de saint Louis » (2).

Il est évident que la gravure du saphir représente un roi de France de la race des Capétiens; mais ce roi est-il Louis IX, et la bague qui a ce saphir au chaton était-elle un sceau du saint roi? Ces deux questions sont résolues affirmativement depuis plus de deux cents ans. M. Barbet de Jouy n'a fait que suivre la tradition; mais cette tradition ne remonte qu'au milieu du dix-septième siècle. C'est Dom

(1) M. Darcel, le Trésor de Conques. Paris, 1861, p. 49 et suiv.
(2) N° 34 de la Notice du Musée des souverains, par M. Barbet de Jouy.

Germain Millet qui, dans sa description du trésor de Saint-Denis (1), a dit le premier que le saphir reproduisait la figure de saint Louis, et Félibien, s'en rapportant sans examen au dire de son prédécesseur, décrit ainsi la bague : « Anneau de » saint Louis; il est d'or semé de fleurs de lys et garni d'un saphir sur lequel est » gravée son image avec ces deux lettres S. L., c'est-à-dire sigillum Ludovici, » cachet de saint Louis (2). » Mais l'inventaire du trésor de Saint-Denis, rédigé dans le dernier quart du quinzième siècle, donne une autre description : « Un » anneau d'or néeslé en verge demy ronde dessus semée de fleurs de lys; escrit » dedans : C'est le sinet du roy saint Louis, et sur iceluy un saphir carré en table » gravé à une image d'un roy, et aux deux costés de la teste d'iceluy une S avec » une L, prisé, or et pierre, huit écus (3). » Ainsi les religieux qui représentaient les objets du trésor aux commissaires nommés par le roi pour faire l'inventaire, disaient bien que l'anneau avait appartenu à Louis IX et qu'il lui avait servi de petit sceau, de signet; ils constataient que la gravure reproduisait un roi, mais ils ne prétendaient pas, comme Dom Millet et Félibien, que ce roi fût saint Louis, et certes ils n'auraient pas manqué de le dire s'ils avaient cru posséder l'image de ce prince vénéré et placé au rang des saints. Aussi traduisait-on à Saint-Denis les deux lettres S. L. par sigillum Ludovici, et non par sanctus Ludovicus, comme le veut M. Barbet de Jouy dans sa Notice du Musée des souverains.

Jacques Doublet, religieux de Saint-Denis, qui écrivit l'histoire de son abbaye dans les premières années du dix-septième siècle, n'avait pas plus de prétention que les rédacteurs de l'inventaire du quinzième. Parmi les bijoux du trésor, il signale : « Le riche anneau d'or du roy saint Louys garny d'un beau et grand » saphir carré en table et sur iceluy une image gravée d'un roy (4). » Comment Doublet, qui témoigne d'une profonde vénération pour saint Louis, qui décrit avec amour tout ce que l'abbaye possédait comme venant de ce prince, aurait-il négligé de dire que l'intaille représentait le saint roi, quand il ne manquait pas de signaler « une petite croix d'or à crucifix d'un costé et un saint Louis de l'autre, » le tout néeslé et d'or ? (5) ? Ainsi, au commencement du dix-septième siècle, on

(1) Le Trésor de Saint-Denis, 1645.

(2) Histoire de l'abbaye de Saint-Denis en France. Paris, 1706, p. 51.

(3) Inventaire du trésor de Saint-Denis, Archives nationales, LL. 1327. Nous avons donné une notice de ce curieux manuscrit dans notre Histoire des arts industriels au moyen âge, t. I, p. 435.

(4) Histoire de l'abbaye de Saint-Denis en France. Paris, 1621, p. 346.

(5) Ibid., p. 337.

ne croyait pas encore posséder l'image de saint Louis dans l'intaille qui existait au chaton de son anneau. C'est Dom Millet qui, pour lui donner plus de valeur, a imaginé d'y voir la figure de Louis IX ; et cette désignation, imprimée dans un livre à l'usage des personnes qui visitaient le trésor, a fait fortune et a été admise après lui sans examen.

Si l'intaille ne reproduit pas la figure de Louis IX, elle donne celle de l'un de ses ancêtres, et l'on peut avec quelque certitude y voir son bisaïeul Louis VII. Ce prince, allant en Asie avec une armée française pour combattre les musulmans, avait été reçu à Constantinople avec de grands honneurs par l'empereur Manuel Comnène ; il y séjourna quelque temps dans un palais qu'on lui avait préparé pour demeure (1147). Constantinople était encore à cette époque la ville la plus commerçante et la plus artistique de l'Europe ; et bien que les Grecs fussent alors fort mal disposés envers les Latins, il ne peut être douteux que les artistes et les marchands n'aient été offrir au puissant roi de France et à sa jeune femme, qui l'accompagnait, les plus belles productions de l'art byzantin. La glyptique était encore alors en pratique dans la capitale de l'empire d'Orient, et Louis VII, qui n'avait pas en France à sa disposition d'artistes en ce genre de travail, a pu demander à l'un des graveurs byzantins en réputation une intaille qui reproduisît sa propre image dans son costume royal. Le saphir, monté en bague, a dû passer en la possession des descendants de Louis VII jusqu'à saint Louis, qui l'a donné à l'abbaye de Saint-Denis. Voilà ce qui nous paraît probable ; car si la pierre avait été gravée en France sous Louis VII, la glyptique aurait été encouragée et la pratique ne s'en serait pas perdue. Sous Louis VII, en effet, l'abbé Suger, premier ministre du roi et régent du royaume pendant son absence, ne se contentait pas de protéger les arts de luxe dans lesquels la France excellait déjà ; mais lorsqu'un art pratiqué chez nos voisins n'y était pas encore connu, il faisait venir des artistes pour l'exercer sous sa direction et en doter notre pays. C'est ainsi qu'il appela des émailleurs de la Lotharingie pour élever dans son abbaye de Saint-Denis de grands monuments d'émaillerie, qui bientôt après furent imités à Limoges (1). On enrichissait, de son temps, les châsses et les instruments du culte de pierres précieuses, de camées et d'intailles. Si la glyptique avait été exercée en Allemagne ou en Italie, Suger se serait servi des graveurs allemands ou italiens pour obtenir des sujets saints sur les pierres fines qu'il employait à la décoration de l'orfévrerie

(1) Voyez notre *Histoire des arts industriels au moyen âge*, t. II, p. 251.

sacrée, au lieu d'y faire sertir des pierres antiques qui reproduisaient souvent des figures mythologiques. Ce qui démontre encore que la glyptique n'était pas pratiquée en France sous Louis VII, c'est que ce prince se servit pour contre-sceau, tantôt d'un abraxas, tantôt d'une pierre antique représentant une Diane (1). Si le saphir de la bague du Louvre reproduit Louis VII, il ne peut avoir été gravé qu'en Orient.

Depuis Suger, le culte de l'art n'a fait que s'élever en France, et il est constant que si la gravure des pierres fines avait été exercée en Occident au temps de saint Louis, en plein treizième siècle, à cette époque de renaissance, elle n'aurait pas été abandonnée et nous la retrouverions florissante à la fin du quatorzième; tandis que cet art, comme on le verra plus loin, n'en était pas alors encore arrivé à produire des figures en intaille. Le saphir du Louvre n'a pas pu être gravé en France plus sous saint Louis que sous son bisaïeul Louis VII.

Examinons maintenant si la bague du Louvre a dû servir de sceau à Louis IX. Il faut remarquer d'abord que pour faire de la figure de roi gravée sur le saphir un saint Louis, il a fallu y tracer, postérieurement à la canonisation de ce prince (1297), le nimbe qui entoure la tête. C'est postérieurement aussi qu'on a gravé sur l'or à l'intérieur de l'anneau l'inscription : « C'est le sinet du roy saint Louis », et probablement les lettres S. L. qu'on voit sur l'intaille. Ces additions, faites arbitrairement, à une époque inconnue, ne sauraient donc fournir aucune preuve valable de la destination de la bague au temps où Louis IX la portait au doigt, et la question doit être examinée abstraction faite des lettres et de l'inscription.

Pour la résoudre, il faut examiner ce que c'était qu'un sceau au moyen âge et quel usage on en faisait. On donnait le nom de sceau à une empreinte obtenue le plus ordinairement sur une matière molle, comme la cire, et quelquefois sur un corps dur, comme le plomb, au moyen d'une matrice de métal ou de pierre dure sur laquelle étaient gravés en creux un signe, une marque, une figure quelconque qui servait à représenter en quelque sorte la personne à qui le sceau appartenait. A une époque où la connaissance de l'écriture était le partage du petit nombre, même parmi les grands seigneurs, le sceau tenait lieu de la signature, et lorsqu'elle devint usuelle, le sceau en fut la confirmation. Il donnait aux actes sur lesquels il

(1) M. Douet d'Arcq, *Inventaire de la collection des sceaux des Archives de l'Empire*, t. I, p. 271.

était appliqué ou auxquels il était attaché un caractère authentique (1). C'est à ce point qu'au moyen âge le mot latin *sigillum* avait les deux significations d'acte et de sceau (2). Ainsi, à l'aide d'un sceau détourné des mains de son propriétaire ou du fonctionnaire qui en avait la garde, on pouvait donner à un acte faux la valeur d'un acte régulier ; on comprend dès lors avec quel soin les sceaux étaient conservés et préservés de tout détournement. Le grand sceau royal était gardé par un officier qui recevait le nom de référendaire sous la première race, et, sous les deux autres, le titre de chancelier (3). Indépendamment du grand sceau royal, les rois possédaient par-devers eux un ou plusieurs sceaux qu'on désignait sous le nom de sceaux secrets ou signets. On peut voir dans l'inventaire du trésor de Charles V avec quel soin les signets du roi étaient préservés de tout détournement. Les bagues du roi sont décrites au folio 60 sous ce titre : « Inventoire de joyaulx du roi, c'est » assavoir fermaux, anneaux et autres choses estans es coffre que le roi fait porter » continuellement avecques soy et dont il porte la clef. » Et plus bas, au folio 66, on trouve la description des signets avec ce titre : « Signets du Roy estans oudit » coffre dont ledit seigneur porte la clef. » Le roi ne confiait donc à personne les signets ou sceaux secrets qui lui servaient pour ses lettres et pour certains actes.

Lorsqu'on venait à perdre un sceau, soit par accident, soit par suite d'un vol, on s'empressait d'en déclarer la perte au juge de son domicile, afin d'en prévenir les conséquences (4). Enfin l'usage de briser les sceaux à la mort du possesseur paraît avoir été général. François Duchesne, dans son *Histoire des chanceliers* (5), rapporte un acte, du 16 novembre 1380, duquel résulterait que les religieuses du prieuré de la Saussaie près Villejuif jouissaient, en vertu d'une ordonnance de Philippe-Auguste de l'année 1208, du privilège d'hériter des sceaux royaux à la mort du roi de France. C'est une quittance donnée par le prieur de l'église Notre-Dame de la Saussaie à la Chambre des comptes pour « les sceaux d'or et d'argent » avec les chaisnes, tous cassés, demourés du trespassement du roy Charles nostre » sire (Charles V), dernierement trespassé. Ce est assavoir les deux sceaux du » secret, l'un d'or et l'autre d'argent, avec les chaisnes, item le grand scel de la

---

(1) « Sigillarum usus inventus est ad faciendam fidem et ad praestandam rebus scriptis auctoritatem. » MABILLON, *De re diplomatica*, lib. II, cap. xviii et xiv.

(2) DU CANGE, *Glossarium mediæ et infim. latinitatis*, v° SIGILLUM.

(3) MABILLON, *De re diplomatica*, cap. xi.

(4) MABILLON, *De re diplomatica*, lib. II, cap. xviii.

(5) FRANÇ. DUCHESNE, *Histoire des chanceliers et gardes des sceaux de France*, Préface.

» chancellerie... » Comme on le voit, les sceaux royaux n'étaient déposés dans le monastère de la Saussaie qu'après avoir été mis hors d'usage.

On peut juger, par la législation du sceau, par l'importance de son emploi et par le soin qu'on avait de sa conservation afin de n'en laisser l'usage qu'à celui à qui il appartenait, que Louis IX n'a pu donner de son vivant à l'abbaye de Saint-Denis une bague qui lui aurait servi de sceau secret et dont on aurait pu faire abus ; qu'après sa mort les matrices de ses sceaux ont dû être brisées, et que si elles ne l'ont pas été, elles ont été conservées avec le plus grand soin par son fils et ses successeurs ; mais qu'en aucun cas elles n'ont pu être livrées à qui que ce soit. Ce qui nous paraît probable, c'est qu'en allant visiter Saint-Denis, Louis IX aura tiré de son doigt l'une des bagues qu'il portait pour en faire hommage aux saints martyrs Denis, Rustique et Éleuthère. Les rois et les princes faisaient souvent à l'abbaye des dons de cette nature : Suger en a fourni plusieurs exemples dans son écrit sur les actes de son administration. Plus tard, après la canonisation de Louis IX, quelque abbé de Saint-Denis, ou même le religieux trésorier, aura supposé que la bague de saint Louis avait dû lui servir d'anneau sigillaire, et aura voulu le constater par la gravure des lettres S. L. sur la pierre, et d'une inscription sur l'or à l'intérieur de l'anneau. Du moment qu'on croyait, à Saint-Denis, posséder un signet de Louis IX, on s'est facilement imaginé que la figure gravée sur le saphir était celle du saint roi, et l'on aura fait graver le nimbe autour de la tête. Mais nous croyons avoir démontré que le saphir ne pouvait reproduire la figure de saint Louis, et qu'en aucun cas la bague n'avait pu servir de signet.

Les dernières pièces présentées en faveur de l'existence de la glyptique en Occident au moyen âge sont : « Un certain nombre de camées et d'intailles que possède le cabinet des antiques à la Bibliothèque impériale. » Si l'on ouvre le catalogue de cette collection, on ne trouve (en dehors des camées de l'empire d'Orient), sous le titre de « Camées du moyen âge et de la Renaissance », qu'un seul camée du moyen âge : c'est celui que nous avons déjà cité comme représentant le Christ enseignant sa doctrine à trois disciples. Il est attribué avec raison par le rédacteur du catalogue aux premiers siècles du christianisme et à l'Italie (1). On doit donc le considérer comme l'une des dernières productions de la glyptique de l'antiquité, et non comme appartenant au moyen âge. Il est vrai qu'au supplément du catalogue on trouve un camée sur sardonyx « représentant Noé buvant le vin dans

<hr>

(1) N° 294 du Catalogue de M. Chabouillet, déjà cité.

» une coupe devant un cep de vigne dont il cueille en même temps une grappe » (1), que l'auteur du catalogue croit devoir attribuer au treizième siècle ; mais, dans sa bonne foi, il avoue « que la date est fort difficile à préciser, que les avis sont par-
» tagés sur cette date, et que quelques connaisseurs font remonter ce camée aux
» premiers siècles de l'ère chrétienne. » Ainsi, tous ces camées du moyen âge soi-disant conservés dans le cabinet des médailles de la Bibliothèque nationale se bornent à un seul, dont encore la date est contestée et qui nous paraît avoir tous les caractères des camées byzantins. Quant aux intailles, il n'en existe pas une seule.

Cette absence complète de toute pierre gravée portant avec elle un signe carac-téristique de son exécution en Occident antérieurement au quinzième siècle n'est-elle pas la preuve évidente que la pratique de la glyptique avait été perdue en Occident au moyen âge ? Les camées à sujets chrétiens se rencontrent en si petite quantité dans les inventaires des trésors des princes français au qua-torzième siècle, qu'ils ne peuvent suffire à constater l'exercice de cet art ; il faut admettre qu'ils sont venus de l'Orient, rapportés la plupart par les croi-sés. Quelques-unes de ces pierres à sujets chrétiens portent même avec elles la preuve de leur origine orientale. Nous en avons déjà cité deux exemples, et nous pouvons en rapporter deux autres empruntés à l'inventaire de Charles V (2). Au folio 63, on inventorie une des bagues du roi avec cette des-cription : « Annel des vendredis, lequel est néellé et y est la croix double noire de
» chacun costé où il y a crucifix d'un camayeux, saint Jean et Notre-Dame, et
» deux angeloz sur les bras de la croix, et le porte le roy continuellement les ven-
» dredis. » Ces mots « croix double » indiquent sans aucun doute la croix à double traverse, très-commune dans l'empire d'Orient dès le dixième siècle et encore inusitée en Occident au quatorzième. Au folio 69, on décrit : « Un reli-
» quaire d'or plein de reliques, de la façon de Damas, garny d'ung bon saphir ou
» milieu où est ung Dieu enlevé (en relief)..... » Le reliquaire « de la façon de Damas » était oriental ; le camée qui l'enrichissait devait l'être également. Recher-chons maintenant à quelle date il est possible de fixer la renaissance de la glyp-tique en Occident, et plus particulièrement en France.

On peut regarder comme certain que du moment que les procédés de la

(1) N° 3496 du Catalogue déjà cité.
(2) Ms. Biblioth. nat. n° 2705.

glyptique eurent reparu en Occident, on en fit l'application à des pierres dures enchâssées dans les signets ou sceaux secrets que les rois avaient toujours sous la main; nous pensons donc que, par l'examen des différents sceaux secrets que l'on connaît des rois et des princes français du quatorzième siècle et du quinzième, on peut arriver à déterminer l'époque de l'introduction en France des procédés de la glyptique et l'état d'avancement de cet art à ces époques.

Les Archives nationales possèdent un assez grand nombre de sceaux des rois de France plaqués ou appendus, et il est facile à un œil exercé de reconnaître si la matrice qui a produit le sceau était de métal ou de pierre gravée. Les grands sceaux, dits sceaux de majesté, ont été tous produits par des matrices de métal, mais on reconnaît quelques pierres gravées dans les matrices des petits sceaux secrets. Depuis saint Louis jusqu'à Philippe de Valois, les matrices des petits sceaux ont été de métal. On a quatre sceaux secrets du roi Jean, dont trois, à matrices de métal, offrent des gravures tout à fait appropriées à leur destination : « L'écu semé de France dans un encadrement à quatre oiseaux; — l'écu » semé de France dans un encadrement enrichi des figures symboliques des évan- » gélistes; — les lettres I R F (*Johannes rex Franciæ*) surmontées d'une couronne »; mais la matrice du quatrième était une pierre gravée antique représentant une tête de femme vue de trois quarts (1). Le roi Jean († 1364) n'avait donc pas à sa disposition d'artistes capables de graver des signets de pierres fines pour y reproduire, comme dans ceux de métal, les armoiries de France, ni même ses initiales et une couronne. Arrivons à Charles V († 1380). L'inventaire du trésor de ce roi, de 1379, nous fournit la description de tous les signets de pierres fines qu'il possédait, et nous allons y apprendre ce qu'il avait pu obtenir de la glyptique.

Parmi ces signets, il y en a dont la pierre devait être antique ou byzantine. Tels sont : 1° « Le signet qui est de la teste d'un roi sans barbe et est d'un fin rubis » d'Orient... » (folio 66). On comprend que si cette tête avait été celle de Charles V, le rédacteur de l'inventaire n'aurait pas manqué de l'exprimer. — 2° « Ung petit signet d'or où a une pierre corneline où dedans est taillée une » teste d'hoūe qui a une corne sur l'oreille... » (folio 68). C'est là certainement une tête de faune. — 3° « Ung signet d'une pierre de jaspe taillée d'une croix et a » lettres autour » (folio 68). Du moment que le rédacteur de l'inventaire ne donne

---

(1) N° 61 de l'inventaire des sceaux, M. Douet d'Arcq, *Collection des sceaux des Archives de l'Empire*, 1863, p. 274.

pas l'inscription qui entoure la croix, c'est qu'il n'a pu la lire; elle était grecque sans doute. — 4° « Ung signet où il y a une corneline en laquelle a ung lyon qui » menge une autre beste. » — 5° « Ung autre signet de jaspre assiz en une verge » d'or menue à chaaston où est ung home nu qui tient ung enfant devant luy. » Ces deux signets étaient évidemment garnis de pierres antiques. — 6° « Ung autre » signet d'une topace ronde dessus où est taillée une lune et huit estoilles et escript » autour, assiz en ung annel d'or » (folio 73). La topaze de ce dernier signet était sans doute une pierre gnostique.

On trouve maintenant au folio 68 de l'inventaire des signets d'une autre nature : 1° « Ung signet d'or pendant à une chesnette d'or a ou milieu dudit signet ung » saphir taillé à troys fleurs de lys. — 2° Deux signets pendants à une chesne d'or » dont il a en l'ung ung saphir entaillé a un K environné de fleurs de lys et » l'autre... » : Le K est la première lettre de Karolus, nom du roi en latin; il est donc probable que ce saphir, de même que celui aux trois fleurs de lis, avait été gravé pour Charles V, qui réduisit à trois les fleurs de lis sans nombre de l'écu de France. La description du signet qui accompagnait celui au K demande une explication : « et l'autre a ung saphir ouquel est intaillé ung roy à cheval, » armoyé de France ». La description des objets inventoriés n'est pas toujours d'une construction grammaticale très-correcte. Ici les mots « armoyé de France » ne se rapportent pas au personnage figuré dans l'intaille, mais au signet dont la verge était sans doute couverte de fleurs de lis, comme l'est l'anneau de la bague de saint Louis. Ce saphir pouvait être une pierre antique. Mais en supposant que ce roi à cheval fût un roi de France, dont le bouclier aurait été décoré de fleurs de lis gravées, ce ne pouvait être Charles V, d'abord parce que le rédacteur de l'inventaire l'aurait dit, et ensuite parce que Charles V ne se serait pas fait représenter à cheval sur un sceau. Depuis Henri Iᵉʳ, en effet, les rois capétiens se font voir sur leurs sceaux assis sur un trône, couronnés et tenant un sceptre. Le sceau du type équestre appartenait aux princes, ducs et comtes souverains. Louis VII est le seul des rois de France qui se soit servi du type équestre dans les contre-sceaux, parce qu'il était devenu duc d'Aquitaine par suite de son mariage avec Éléonore, et il abandonna ce contre-sceau après son divorce (1). Ainsi, en admettant que les mots « armoyé de France » s'appliquassent à la figure équestre du roi gravé sur le saphir, ce roi de France ne pouvait être que Louis VII. Or, nous

(1) MABILLON, *De re diplomatica*, lib. V, p. 428.

croyons avoir établi plus haut que la glyptique ne pouvait avoir été pratiquée en
France à l'époque de Louis VII, mais que ce prince, pendant son séjour à Constantinople, avait pu y faire graver des intailles à son effigie.

Ainsi ce qu'on peut établir d'une manière certaine, c'est que sous Charles V
on a su graver sur pierres fines des lettres et des figures plates, comme des fleurs
de lis; mais il y a loin de là à en être arrivé à y graver des figures humaines qui
offrent plusieurs plans. Il faut donc reconnaître que dans le dernier tiers du
quatorzième siècle, la glyptique était à son début en France.

Cependant il faut prévoir une objection. On possède aux Archives nationales
un très-petit sceau paraissant provenir d'une matrice de pierre, et reproduisant
une tête vue de face, couronnée, à longs cheveux et barbue. Ce sceau étant plaqué sur un mandement de Charles V (scellé également du grand sceau de l'État),
on a cru voir dans cette tête celle de ce roi (1). Nous ne pouvons partager cette
opinion. La pierre était encastrée, comme celles des sceaux de pierre de Charles
le Chauve, dans une bordure de métal sur laquelle ont été gravés les mots : SCEL
SECRET. Ainsi, pour en faire un sceau, il a fallu y ajouter une bordure de métal
destinée à recevoir la légende. Or, nous venons d'établir que Charles V avait à sa
disposition des graveurs déjà capables de tracer en intaille des lettres sur les
pierres dures. Si l'un d'eux avait pu graver la figure du roi pour un signet, comment n'aurait-il pas gravé aussi la légende sur la pierre? Cette pierre n'a donc pas
été gravée pour Charles V. Au surplus la tête, dans cette intaille, est barbue, et
Charles V ne portait pas de barbe : il est représenté imberbe sur les grands sceaux
de majesté, et l'on a de lui, dans la grande miniature placée en tête de son inventaire de 1379, un excellent portrait qui le représente sans barbe. Au contraire,
Louis VII est représenté barbu sur son grand sceau; et comme ses successeurs
avaient renoncé à la barbe (2), on pourrait encore reconnaître ce roi dans la
petite pierre que Charles V possédait sans doute, et dont il aura fait faire un sceau
en y faisant ajouter une bordure d'or pour y tracer la légende. Nous avons dit
pourquoi on pouvait posséder des pierres fines à l'effigie de Louis VII, bien que
la glyptique ne fût pas pratiquée de son temps en Occident. On pourrait élever
bien d'autres doutes sur le petit signet des Archives attribué à Charles V. N'est-il

(1) N° 67 de l'Inventaire des sceaux déjà cité. Nous le reproduisons sous le n° 9 de notre planche.
(2) MABILLON, *De re diplomatica*, p. 417 et seq., a publié le sceau de majesté de Louis VII, qui le représente barbu comme son père et son aïeul, et ceux de Philippe-Auguste, de Louis VIII et de Louis IX, où
ces rois sont représentés imberbes.

pas singulier, et presque sans exemple, qu'il soit plaqué sur un diplôme déjà revêtu du grand sceau de majesté? et comment ne figure-t-il pas dans l'inventaire des sceaux secrets de ce roi, s'il lui a appartenu? Mais il est inutile de tirer des conséquences de ces singularités; ce que nous avons dit suffit, ce nous semble, pour établir que la tête gravée sur ce signet ne peut être celle de Charles V.

Au commencement du quinzième siècle, la glyptique était en progrès; les graveurs ne se bornaient plus à tracer des lettres ou des figures plates en intaille, ils savaient faire des camées. On trouve dans l'inventaire du duc de Berry, qui ne mourut que trente-six ans après son frère Charles V, en 1416, la mention d'un camée reproduisant sa figure : « Un annel d'or auquel est le visage de monseigneur » contrefait en une pierre de camahieu (1). » L'inventaire de Charles le Téméraire renferme cette description d'un bouclier : « Ung bouclier de fer garny d'or » et au milieu ung camahieu d'un Lyon entre trois fusilz (2). » Les trois fusils étant l'emblème adopté par Philippe le Bon (1419 † 1467), démontrent que ce camée avait été fait pour le duc de Bourgogne.

L'art de graver les pierres dures avait également reparu en Italie dans le dernier tiers du quatorzième siècle. Cicognara cite Benedetto Peruzzi comme ayant exercé la glyptique à cette époque (3).

D'où vinrent les maîtres qui rapportèrent les procédés de cet art en Occident? On sait, et les monuments qui subsistent en font foi, que la glyptique n'avait jamais cessé d'être pratiquée dans l'empire d'Orient. Or, dès le milieu du quatorzième siècle, les Turcs avaient envahi les provinces européennes de l'Empire : en 1358, Soliman, fils d'Orkhan, s'était emparé d'Andrinople, et en 1360 Amurat Iᵉʳ faisait de cette ville le siége de sa domination en Europe. Ces événements, ayant poussé des artistes grecs à se réfugier en Italie, peuvent être regardés comme la principale cause de la renaissance de la glyptique en Occident. Bien que les graveurs sur pierres ne fussent plus que des ouvriers grossiers et ignorants, ils y portèrent les procédés mécaniques de leur profession, et cela suffit. Du moment que ces procédés furent connus, la glyptique, en présence des grands artistes qui illustraient alors la péninsule italique, devait aussitôt renaître. Cependant cet art ne commença à produire de bons fruits, suivant Vasari, que

(1) M. DE LABORDE, *Glossaire*, au mot CAMAHIEU, p. 190.

(2) M. DE LABORDE, *les Ducs de Bourgogne*, t. II, p. 127.

(3) *Storia della scultura*, t. II, p. 391.

sous les papes Martin V († 1431) et Paul II († 1471). Laurent de Médicis (1479 † 1492) et Pierre son fils, tous deux passionnés pour les camées antiques, en composèrent une nombreuse collection, et appelèrent à Florence les meilleurs maîtres graveurs de ce temps.

Nous ne devons pas pousser plus loin l'historique de l'art de la gravure sur pierres dures; le but de cette dissertation était uniquement de démontrer qu'après la chute de l'empire romain la glyptique avait cessé d'être pratiquée en Occident; que ses procédés n'y avaient reparu que dans le dernier tiers du quatorzième siècle, et que ce n'était qu'au commencement du quinzième que les artistes français étaient parvenus à produire des camées et des intailles.

PARIS. — TYPOGRAPHIE DE HENRI PLON, RUE GARANCIÈRE, 8.

www.ingramcontent.com/pod-product-compliance
Lightning Source LLC
Chambersburg PA
CBHW061614180626
46818CB00005B/2078